CHAPITRE II

OU L'ON DEMANDE

UNE RÉFORME A LA BOURSE

PARIS

IMPRIMERIE DE L. TINTERLIN ET C°

rue Neuve des-Bons-Enfants, 3

CHAPITRE II

OU L'ON DEMANDE

UNE RÉFORME

A LA BOURSE

« Je vous remercie de la manière dont vous appréciez mes efforts pour augmenter la prospérité de la France. Uniquement préoccupé des intérêts généraux du pays, je dédaigne tout ce qui peut porter obstacle à leur développement. Aussi les injustes défiances excitées hors de ces frontières, comme les alarmes exagérées des intérêts égoïstes à l'intérieur, me trouvent insensible... »

(Discours de l'Empereur à Lyon, pour l'inauguration du Palais du Commerce, le 25 août 1860.)

PARIS

E. DENTU, LIBRAIRE-ÉDITEUR

PALAIS-ROYAL, 13, GALERIE D'ORLÉANS

1860

Quand, il y a quelque temps, nous avons publié la brochure : *La Bourse est un marché libre?* nous espérions voir
soulevée soit par la compagnie des agents de change, soit
par les journaux financiers et autres, une controverse qui
pût faire connaître et mettre plus au jour l'opinion du
monde des affaires sur le triste état du marché, et nous
pensions qu'il pourrait s'élever quelque discussion profi-
table sur les moyens de remédier à la gravité du mal qui
consume la Bourse. Mais, soit dédain, soit approbation,
notre appel est resté sans écho.

Si nous avons lieu de nous en affliger, que l'on ne pense
pas toutefois que nous nous arrêterons sur un si sombre
début ; car c'est même un devoir de relever la question de
nouveau, et si par dédain l'on a pas répondu, nous dirons
qu'une grande et juste cause demande plus d'égards et de
bienveillance ; si le silence, au contraire, est une marque

d'approbation, nous y trouvons une raison majeure de rappeler l'attention sur un sujet aussi sérieux, pour que l'opinion publique, inquiète à juste titre, soit assurée que toute satisfaction sera donnée aux plaintes et aux réclamations qu'elle fait entendre.

II

Nous n'avons pas eu, en soumettant quelques idées pratiques de réforme, la prétention de croire qu'elles offraient la solution la plus rationnelle. Nous ne pensions certes pas avoir trouvé la pierre philosophale : une réorganisation n'est pas chose facile, surtout en présence des erreurs et des faux principes où se débat la législation actuelle de la Bourse.

Nous ne pouvions non plus discuter devant nous-mêmes ces premières idées qui, lancées comme un ballon d'essai, présentaient cependant matière à une controverse active, qui pouvait faciliter les moyens de trouver la réforme la plus salutaire. Mais pourquoi les journaux financiers, les plus aptes à éclairer la question, et dont la parole doit être la plus influente en pareille circonstance, n'ont-ils pas tout les premiers soulevé la discussion ?

III

Il n'y a pas de tribune pour discuter ces questions financières sur lesquelles il manque le plus souvent dans nos grands corps de l'État un point de connaissances important, l'expérience pratique des affaires. Les instruments les plus capables de les juger et de les résoudre sont évidemment les journaux spéciaux qui s'occupent de la Bourse : ils sont dirigés par des personnes éclairées, connaissant à fond la marche pratique des affaires, et leurs relations les mettent à même de savoir ce que réclame, ce dont se plaint tout d'abord le monde financier.

Or, ils sont tous du même avis : leur voix est unanime pour constater l'état précaire du marché, la langueur des affaires, et cependant quels remèdes proposent-ils ?

Quant aux agents de change, nous devons avouer qu'ils obéissent à un aveuglement fâcheux, tant sur leur condition d'existence que sur la sauvegarde de leurs intérêts. Forts de leur privilége, ils pensent que le salut de la Bourse est entre leurs mains, que leur garantie est inaltérable, et que leurs ressources peuvent parer à tous les événements comme à tous les besoins. Nous croyons que c'est une er-

reur, et nous entrerons dans de plus grands détails aujour
d'hui sur la nature et les effets de leur privilége : car jusqu'ici nous n'avons examiné la Bourse qu'à un point de vue
général, celui du crédit public, et des intérêts comme des
besoins de la spéculation.

IV

Nous parlerons d'abord des journaux, financiers et autres, et nous prendrons acte de leurs opinions pour ap-
puyer notre critique, pour demander, en un mot, une réforme qui donne un marché libre, et nous espérons que,
soutenue et réclamée par les personnes les plus compétentes en pareille matière, cette réforme ne se fera pas attendre.

V

On peut dire qu'il y a à la Bourse plusieurs partis comme en politique, et quelques-uns ont pour organes des journaux quotidiens ou hebdomadaires.

Il y a d'abord le parti de la noblesse ou de l'aristocratie, s'appuyant sur le privilége et sur la constitution actuelle. C'est l'extrême droite, et son parti se compose de tout ce qui se rattache et s'intéresse au privilége. Ses organes les plus dévoués sont le *Journal des Débats*, et la *Cote*, bulletin quotidien, de petit format.

Vient après le parti conservateur : toujours content de ce qui est, il trouve que tout va pour le mieux, que tout changement est superflu. Il prend les cours comme ils sont, le marché au comptant comme on le fait ; mais comme il n'a pas d'opinion, il n'a pas de journal.

Voici maintenant le parti libéral, qui marche soutenu par les banquiers les plus notables, les spéculateurs et les courtiers, et dont les organes sont nombreux et influents, tels que la *Semaine financière*, le *Conseiller*, la *Patrie*, l'*Opinion nationale*, etc., ils sont les partisans du marché libre : ils ne réclament pas l'abolition du privilége ; mais ils veulent instamment la liberté des transactions.

Il y a enfin le parti radical, l'extrême gauche : son drapeau est « pas de privilége et liberté entière. » Mais comme son opinion est trop avancée, il n'a pas non plus de journaux.

VI

A tout seigneur, tout honneur.

Voyons donc ce que pense le *Journal des Débats* de l'état du marché. Ses chroniques de Bourse sont très-suivies ; elles sont, en effet, rédigées avec beaucoup de verve et d'habileté ; acceptant sans regrets la constitution actuelle, il ne peut nier cependant que l'état des affaires est des plus tristes : il le dit même souvent, presque tous les huit jours.

Nous sommes à cet égard entièrement d'accord avec lui ; mais non sur la cause qu'il donne au mal, car il en accuse uniquement le tourniquet, et pour lui le tourniquet est la source de tous les maux.

Certes, nous admettons qu'un impôt n'est pas chose des plus agréables : celui-là même est assez vexatoire. Mais, en examinant la question avec impartialité, a-t-il la portée désastreuse que vous lui donnez?

D'abord il est minime : 50 centimes par jour pour un abonné n'est rien si les affaires sont actives : 1 franc pour celui qui vient faire une opération, grève d'autant un courtage qui ne peut être moindre de 15 ou 20 fr. Dans l'un et l'autre cas l'objection est donc insignifiante sur un marché animé et libre d'allures.

Ensuite un impôt est légal ou illégal. S'il est légal et que la ville ait droit de l'établir, nous n'avons pour le faire supprimer de recours que dans la miséricorde du Préfet. S'il est illégal, pourquoi la Chambre syndicale ne fait-elle pas juger la question par qui de droit? Elle serait bien coupable, devant le moindre doute, d'hésiter à le faire, si le salut de la Bourse est dans l'abolition du tourniquet.

Pour prouver que le mal n'est pas là, mais bien dans la suppression du marché libre, qu'on nous permette de citer trois exemples que nous tâcherons de présenter le plus variés possible.

PREMIER EXEMPLE.

Quand existait la coulisse ou le marché libre, il y avait toujours nombre de spéculateurs disposés à porter les valeurs flottantes, grâce au secours des primes qu'ils vendaient de tous côtés à des écarts convenables, et sur lesquelles il y avait dans la coulisse des transactions suivies et continues par suite de la facilité du marché. Ainsi, l'un achetait 3,000 ou 25 chemins et vendait en échelonnant les prix 6,000 ou 15,000 à prime ou bien 50 ou 100 chemins dont 10 et dont 20. Il y avait par suite de ce jeu animé sur les primes des écarts rémunérateurs et de plus un report rationnel que supportait cette même spéculation.

Comme conséquence, un gros portefeuille de financier ou de capitaliste dont l'intérêt est toujours de se trouver vendeur pour la dixième ou la centième partie de ses valeurs, trouvait par les reports avantage à maintenir la position de vendeur. En un mot, il y avait une contre-partie facile à toute opération avec tous les besoins qu'amène la spéculation, toutes les ressources qu'elle invente.

Si aujourd'hui il n'y a plus ni écarts de primes, ni reports, dites-nous, est-ce la faute du tourniquet ?

DEUXIÈME EXEMPLE.

M. X... habitant la ville de.... près Paris, se rend un beau matin avec toutes ses valeurs chez son agent de change, et lui dit : Vendez-moi, je vous prie, 1,500 fr. de 3 0/0, 25 Lyon, 500 résidus Bordeaux à La Teste, 50 Cail et Cᵉ., 2 actions de la Générale (Incendie), 100 Fourchambault, et 300 asphalte de Bastenne, et achetez par contre 1,000 obligations de chemin de fer. L'agent est forcé de répondre qu'il lui est facile de vendre les valeurs cotées officiellement ; encore, pour les valeurs industrielles, faut-il quelquefois un temps indéfini ; mais pour les Asphaltes, les Cᵉ. d'assurance et les Fourchambault il ne peut être d'aucun secours. Bien plus, il ne peut employer l'office d'un courtier libre pour satisfaire aux intérêts de son client, qui demandera alors si c'est bien le tourniquet qui l'empêche de vendre ses valeurs aussi facilement qu'il les avait achetées.

TROISIÈME EXEMPLE.

La Banque de France a ouvert en juillet une souscription de 300 millions aux obligations des chemins de fer. Un souscripteur de 100 obligations se trouve en octobre suivant, obligé de les vendre par besoin d'argent : il ne peut les libérer, et non libérées, il ne peut les vendre avant janvier 1861, terme du dernier versement. Que fera-t-il ? la Banque de France n'a pas dit qu'il serait obligé de les garder jusqu'à cette époque : alors il peut donc les vendre.

La suppression du tourniquet lui permettra-t-elle de le faire sans un courtier libre, puisque par agent on ne peut négocier que des obligations entièrement libérées ?

VII.

Laissons maintenant la question des tourniquets, qui ne peuvent être un argument capable de faire perdre de vue la question du marché libre, et considérons l'opinion des journaux financiers.

Rappelons cependant au *Journal des Débats*, qu'il y a un an il réclamait avec instance un règlement qu'il pensait avantageux au marché ; nous nous souvenons bien que sans cesse il réclamait la cote à terme des obligations de chemins de fer : et il avait raison, car ce nouvel arrêté rentrait dans l'esprit de la liberté des transactions.

Cependant il ne fut rien accordé, et si nous en cherchons la cause, ce n'est pas que la cote à terme n'était point jugée utile aux intérêts publics, mais sans doute que la garantie des agents de change couvrant déjà les opérations sur la rente et les chemins de fer, étendre cette garantie aux marchés à terme sur les obligations aurait pu l'affaiblir dans certaines circonstances.

Pourquoi, aujourd'hui que les transactions sont fort diminuées sur la rente et à peu près nulles sur les chemins de fer, pourquoi le *Journal des Débats* ne réclame-t-il plus cette nouvelle facilité, ce nouvel aliment qu'on pourrait donner aux affaires ?

Le marché des obligations en vaut bien la peine, et les milliards qu'elles représentent réclament à juste titre une protection aussi grande que les autres valeurs. C'est qu'une pareille réforme semblerait fort imprudente maintenant, et que son principe, quel qu'en soit le mérite, est impraticable et dangereux, quand les garanties du marché sont limitées à soixante agents et que plus il y a de valeurs cotées à terme, plus les risques doivent augmenter pour eux dans des moments de crise.

VIII.

Les journaux financiers, tels que la *Semaine financière,* *le Conseiller*, et tant d'autres qui jusqu'ici ont plaidé chaudement la cause du marché libre, en comprennent bien, ce nous semble, tous les avantages. Puisque nous avons nommé ces deux journaux, qu'il nous soit permis de les prendre à partie, et de chercher pourquoi leurs efforts pour changer l'état de choses actuel ont été jusqu'ici infructueux.

Nous les avons vus pendant longtemps soutenir avec ardeur la liberté des transactions. Leurs plaintes ont d'abord été vives contre la suppression de la coulisse, et, se faisant l'organe de l'opinion publique, ils ont blâmé ce qu'avait de dangereux et de funeste une mesure aussi absolue. Jusqu'en ces derniers temps ils ont pesé sur les préjudices que causait à la Bourse l'absence d'un marché libre.

La *Semaine financière* qui a, dit-on, le plus grand nombre d'abonnés, peut être par cela même la plus influente. Elle a, nous n'en doutons pas, des relations intimes avec les notabilités financières de Paris, et l'on pourrait trouver leur inspiration et l'opinion de nos premiers économistes dans l'opposition énergique qu'elle a faite à la constitution actuelle de la Bourse.

IX.

Elle disait le 9 avril 1859 :

« En principe, quel est le régime qui devrait présider à
« l'organisation du service d'intermédiaires que nécessi-
« tent les opérations de vente et d'achat de fonds publics
« et de valeurs mobilières? C'est évidemment et incon-
« testablement le régime de la liberté..... Je suis libre de
« vendre ou d'acheter ce que je veux, à qui je veux, et
« quand je le veux..... La liberté est l'essence même du
« crédit. »

Et encore le 16 avril suivant :

« Nous ne serons contredits par personne lorsque nous
« dirons que le système nouveau que semblent vouloir
« inaugurer les agents de change a excité la désapproba-
« tion de tout le monde dans la banque et dans le com-
« merce. Partout l'on a vu dans ce système une tentative
« fâcheuse et inopportune contre la liberté de la spécu-
« lation. »

De son côté le *Conseiller* écrivait ces mots le 30 avril 1859.

« Encore si les agents du privilége réclamaient au nom
« de la morale, sinon au nom du bien public ! Mais point :
« c'est au nom d'un abus dont ils voudraient s'assurer
« l'exploitation exclusive. Ce n'est point parce que les
« agents de la coulisse leur enlèvent le marché au comp-
« tant qu'ils se plaignent et se révoltent : c'est unique-
« ment parce que la coulisse empiète sur les marchés à
« terme. — Ce qu'ils réclament ouvertement, impérieuse-
« ment, c'est donc le monopole du tapis vert. »

X.

Ainsi l'on parlait alors : aujourd'hui on ne parle plus :
à plus forte raison ne discute-t-on point ?

D'où vient cela ? Serait-ce que l'opinion publique, dans
une apathie coupable, deviendrait indifférente sur une
question où tant d'intérêts sont en jeu ? Mais non : de tous
côtés l'on se plaint.

Serait-ce peut-être que l'on dédaigne de répondre à une
brochure anonyme ? Mais celui qui écrit ces lignes n'est
pas écrivain de profession, et, peu soucieux d'un succès

2

littéraire, il ne vient que défendre des intérêts généraux, le crédit de l'État comme l'intérêt public, et la réforme dont il s'agit doit avoir pour but d'améliorer ou sauver l'existence des gens de Bourse , tous tant qu'ils sont, agents de change, spéculateurs et courtiers.

Si les journaux financiers cessent aujourd'hui leurs attaques, est-ce alors par lassitude de ne pas trouver d'écho, ou veulent-ils laisser les événements suivre leur cours et ne parler que sur l'évidence de faits accomplis et peut-être désastreux ?

Il y a mieux à faire, nous pensons, et il n'aurait pas fallu seulement critiquer : il faudrait aussi proposer une réorganisation, une constitution nouvelle. Tout plan de réforme discuté par les journaux, appuyé par la sanction des notabilités financières et des capitalistes influents pèserait à la longue sur l'esprit du syndicat des agents. Quand le monde qui fait vivre la Bourse demanderait un règlement qui puisse satisfaire ses intérêts, il est impossible que ses réclamations ne s'imposent pas enfin à la Compagnie.

Nous n'hésitons même pas à dire que le succès d'une telle réforme ainsi présentée ne saurait être douteux, si les agents veulent abandonner l'initiative que leur position les oblige de prendre aujourd'hui.

XI.

Il y a à la Bourse de grandes hérésies, de graves erreurs. C'est surtout dans la compagnie des agents de change que l'opinion obéit à des sentiments que l'intérêt guide souvent dans une fausse voie. Quand nous disons la compagnie, ce n'est pas de tous les agents sans exception que nous voulons parler : car nous avons tout lieu de croire que parmi eux il en est qui diffèrent d'opinion sur la marche des règlements et l'application des principes qui leur sont imposés. Nous parlons de la majorité, et c'est avec elle que nous voudrions discuter les erreurs où elle se complaît malheureusement.

La plus grave de toutes est l'idée que l'on s'est formée du privilége en général. Il semblerait que, partant de cet axiome qu'un privilége se brise et ne se discute pas, tout essai de remédier à ce qu'il a de défectueux pour la marche des transactions, doit être regardé comme une attaque illégale et superflue contre les prérogatives et les droits que leur accorde une législation ancienne.

Mais si nous demandons une réforme dans la constitution et les coutumes de la Bourse, n'est-ce pas autant dans l'intérêt de ce même privilége que dans celui du public,

et toute discussion sur ce sujet est aujourd'hui un devoir
comme une nécessité.

XII.

Que pense donc de leur privilége la compagnie des
agents de change? Qu'à lui seul il suffit pour la forme et
la nature des transactions habituelles, que ses règlements
et ses devoirs sont contrôlés par le gouvernement et ren-
trent par suite dans les principes de notre législation, que
ses garanties sont suffisantes, et qu'il se trouve dans les
mêmes conditions d'existence que les priviléges des notaires, des courtiers de commerce et autres. Nous croyons
qu'ils se trompent.

Si, laissant de côté les notaires, dont l'office est limité
à un certain nombre de transactions, à une nature déter-
minée de services légaux, nous prenons le privilége le plus
similaire à celui des agents de change, nous trouvons les
courtiers de commerce, dont l'office est établi dans les
mêmes principes que l'agent de change, mais différant entièrement quant à la nature et à la forme de son œuvre.

Les courtiers de commerce, en effet, peuvent suffire à
toutes les transactions. Ainsi, tel courtier s'occupe des
céréales; tel autre des 3/6 ou des cotons : et comment

se rédige un contrat de marchandises ? Que le marché soit
ou non fait par le courtier de commerce, les deux parties
contractantes sont nommées sur l'engagement ; le courtier
appose sa signature, qui est un contrôle de la légalité du
marché. Il en constate le prix, les termes, les conditions.
Mais donne-t-il sa garantie ? Nullement ; tandis que l'agent
de change donne, au contraire, sa garantie entière au
marché conclu sans mettre en présence les deux parties
intéressées, le vendeur et l'acheteur.

En outre, la nature du produit peut-elle changer et varier à l'infini ? Crée-t-on chaque jour de nouvelles den-
rées ? Celui qui fait les céréales ou les cotons ne fera toujours que des céréales ou des cotons, et ses bénéfices
s'établiront sur la plus ou moins grande quantité de con-
trats qu'il fera ou constatera ; sur les échanges plus ou
moins importants qu'il opérera toujours sur les mêmes
articles. En est-il de même pour les produits de la Bourse ?

Chaque jour ne voit-on pas se créer de nouvelles affaires, et de nouvelles valeurs mobilières réclamer la négociation à la Bourse ; et cependant, pour que chaque nouveau titre soit admis à la cote officielle, il faut un arrêté,
un règlement spécial, qui souvent arrivent à bien petite
vitesse.

Prenons pour exemple les chemins de fer algériens, qui
viennent d'être émis par souscription publique. Ne doit-il
pas être de droit pour tout souscripteur qu'il puisse négocier ses actions aussitôt qu'il les aura entre les mains ?
N'est-ce pas à la Bourse de Paris qu'une affaire éminem-
ment française, une entreprise que le gouvernement sub-
ventionne, et qui fait, comme de juste, appel aux capitaux

français, doive être cotée et négociée pour la première fois? Cependant que se passe-t-il ?

Les agents ne peuvent prêter leur concours à la négociation d'une valeur non cotée ni admise par le syndicat aux honneurs du parquet. Il faut attendre que les statuts soient homologués au conseil d'État; que le versement légal soit fait : le règlement le veut ainsi. Mais, la souscription une fois close, on peut lire dans les journaux, ainsi dans *la Patrie* du 28 juillet 1860 : « Les actions des chemins algériens sont recherchées avec prime à la Bourse de Londres. »

Si telle est la marche qu'il faille suivre dans chaque nouvelle affaire, nous dirons, sans examiner les préjudices que ces lenteurs et ces retards peuvent apporter à son développement, qu'il est à regretter de voir les exigences du privilége impuissantes à donner une protection immédiate aux intérêts français, et il est triste qu'il faille recourir à des marchés étrangers pour la première négociation d'affaires nationales ; nous dirons même que c'est un malheur, sinon une honte pour la Bourse de Paris, et que, s'il faut en accuser le privilége, c'est qu'il y a, dans sa constitution, un principe vicieux auquel on doit porter remède.

XIII.

Si ensuite nous examinons la nature des transactions de
Bourse et la forme toujours variée et différente qu'elles
réclament, nous verrons que la condition des deux priviléges d'agent de change et de courtier n'est pas non plus
égale.

Un courtier de commerce fait un marché au comptant,
à livrer, voire même à prime. Quelle que soit l'importance
de ce marché, il est fait toujours dans les mêmes termes :
ils ne peuvent varier à l'infini, comme le peuvent être les
marchés de valeurs mobilières.

En effet, supposons qu'un négociant ou un banquier,
par suite d'un besoin d'argent immédiat, ait à faire faire
un report sur obligations. Pourquoi, en premier lieu, les
obligations ne sont-elles pas cotées à terme? Pourquoi,
ensuite, ne serait-il pas permis de faire reporter des obligations, comme on fait de la rente et des chemins de fer?
Si une telle négociation peut devenir un besoin public, et
que le privilége ne vous donne pas les moyens d'y satisfaire, votre privilége est donc insuffisant et défectueux. Il
ne satisfait pas aux nécessités qui peuvent se présenter
chaque jour ; et, de ce que la nature de la transaction est

nouvelle, s'ensuit-il, si elle est possible, que votre privilége ne doive pas y donner son secours et sa coopération
dès qu'ils sont réclamés?

Il n'y a donc pas un rapport complet entre les divers priviléges. Les uns sont indispensables et suffisant à tous les
besoins, celui de l'agent de change ne l'est point. Nous ne
demanderons pourtant pas que son existence et ses services
relatifs soient mis en question ; mais si l'on invoque son
maintien, il faut alors le faire dans tout l'esprit de la loi,
ou donner au public la satisfaction qu'il reclame par une
plus grande liberté d'action, une plus grande facilité dans
les transactions.

XIV.

De tous ces faits et de ceux que nous avons cités autre
part, il ne faut donc pas conclure que l'abolition du privilége soit nécessaire. Si elle peut satisfaire quelques opinions, une réforme aussi radicale ne pourrait avoir lieu
sans amener un bouleversement momentané des règlements
et des coutumes qui gouvernent le marché, et tout brus-
que changement pourrait être préjudiciable aux intérêts financiers, quand il serait facile de l'éviter par une conces-
sion intelligente faite en temps opportun.

Mais si toute réforme est obstinément refusée, il peut cependant arriver un moment où la pression de l'opinion publique, l'évidence des faits et de nouveaux désastres, réclament l'intervention du gouvernement ? Que fera-t-on alors ?

XV.

Le gouvernement ne peut être favorable à l'état de choses actuel, et c'est une grande erreur de croire qu'il voie de sang-froid la décadence rapide de notre marché financier. On entend dire souvent que, peu soucieux de voir les affaires s'étendre à la Bourse, il ne veut rien changer à ce qui existe, et qu'il trouve dans l'organisation actuelle et la marche bornée des affaires, le moyen d'établir un contrôle suffisant de tout ce qui se fait, et qu'il éloigne ainsi les écarts et les excès de la spéculation.

L'argument est ingénieux et habile pour plaider la cause de la constitution d'aujourd'hui. Mais est-ce bien en l'an de grâce 1860 que l'on peut entendre une pareille hérésie ? Ce serait supposer aux personnes chargées de la direction des affaires publiques une ignorance bien grande des principes d'économie financière qui doivent gouverner la Bourse.

Ce serait faire croire à un aveuglement bien coupable de leur part sur les dangers que des lois absolues et exclusives font courir au crédit de l'État, quand tout, au contraire, prouve que les principes libéraux adoptés en commerce, doivent être en finance la loi qui les guide.

Nous ne pouvons donc voir dans cet argument qu'une manœuvre de parti ou d'opposition qui cherche à mettre sous le couvert du gouvernement le maintien d'un ordre de choses désastreux pour les affaires.

XVI.

En quoi pense-t-on que ce contrôle de l'État soit si effi-cace ? Pour arrêter les opérations à la baisse, dira-t-on ? Outre qu'il est étrange de supposer que le gouvernément veuille s'interposer dans les mouvements du marché, il est évident que, s'il voulait enrayer un mouvement à la baisse, il ne ferait que contrarier et ruiner la spéculation, quand les événements ne seraient pas pour elle : et si les événements sont de nature à amener une dépréciation sen-sible sur les valeurs, comme on le voit dans les temps de guerre ou de crise financière, s'imagine-t-on qu'il est une puissance au monde capable d'entraver le mouvement dé-

cidé qu'amèneront des ventes incessantes de titres dont l'é-
valuation s'élève à plusieurs milliards ?

Il serait absurde de discuter plus longtemps sur un pa-
reil sujet : mais voilà cependant la valeur des arguments
que l'on présente pour le maintien de la constitution
actuelle de la Bourse.

XVII.

Le gouvernement ne peut désirer que la prospérité et le
bien-être de tous. Quand les germes de la fortune publique voient tarir leur séve, quand le mouvement financier
qui portait le pays au premier rang s'arrête tout à coup,
il ne peut être indifférent aux dangers que court son crédit, et tôt ou tard il doit prendre la question en main, si
les personnes chargées de la gestion des intérêts financiers
s'endorment trop longtemps dans une sécurité trom-
peuse.

Nous avons, dans notre précédente brochure, présenté
quelques moyens pratiques de sortir d'embarras. Nous
n'avons pas à en discuter le mérite; mais si la solution ne
paraît pas efficace, qu'on en propose d'autres : il est temps
que la lumière se fasse.

Ce n'est pas en discutant les lois de nivôse, pluviôse et

ventôse, ou en compulsant Troplong et Royer-Collard, que vous trouverez le moyen de négocier les chemins algériens à Paris en même temps qu'ils sont cotés à Londres.

C'est par des mesures pratiques que vous arriverez à trouver un expédient salutaire. C'est par des règlements libéraux, par une organisation large et généreuse que l'on pourra maintenir et combiner le privilége avec l'établissement d'un marché libre : car la licence et l'absolutisme sont deux écueils qu'il faut savoir également éviter.

Il ne faut pas en tout cas arguer de la tolérance pour chercher un moyen de relever une situation désastreuse. Lorsqu'il s'agit d'intérêts matériels, de questions positives, la première loi à suivre est le droit, et quand on fonde des maisons de commission et de courtages sur une base solide, nous ne savons pas qu'il puisse y avoir rien de stable et de sérieux avec des maisons de tolérance.

Tout doit se faire à la Bourse, tout doit se négocier comme le désire la personne intéressée ; car l'argent est ce qui commande en affaires, et l'argent c'est le banquier, le capitaliste, le spéculateur. Il ne souffre jamais de contrôle ni de direction. Devant lui l'agent de change n'est qu'un instrument qu'il emploie à sa guise, et lorsqu'il se voit entravé dans sa liberté d'action, il demande à juste titre que les règlements qui lui sont préjudiciables soient changés.

XVIII.

Si toute critique, pour avoir quelque valeur, doit être appuyée d'un plan de réforme, voici la marche à suivre que nous proposerions pour arriver à ce résultat.

« Que les agents partisans d'une réorganisation de la Bourse demandent la convocation d'urgence de la Compagnie pour proposer et discuter les nouvelles mesures que nécessite cette réforme. »

« Que ce plan de reconstitution soit, avant d'être adopté, publié et porté à la connaissance de tous.

« Que les journaux, et principalement les journaux financiers, prennent en main la discussion de cette réforme, afin que par eux l'opinion publique soit éclairée et puisse adopter ou rejeter tel ou tel règlement qu'elle jugera bien de le faire.

« Qu'enfin il ne soit pas nécessaire, avant que l'opinion se soit prononcée, de faire juger, s'il y a lieu, la solution proposée par le Conseil d'État, qui, devant des questions de reports, de compensation et de cote à terme, trouverait, peut-être, pour l'éclairer, un maigre secours dans les préceptes de Montesquieu. »

XIX

Ce nouveau règlement que nous demandons est une réforme nécessaire et utile à tous, et en le faisant nous savons être l'organe de l'opinion publique. Il y aurait danger pour les agents à le refuser, et ce serait vouloir engager avec de plus puissants que soi une lutte dont le résultat ne saurait être douteux.

Tôt ou tard il se pourrait qu'on retournât contre eux les arguments que l'on met en avant aujourd'hui pour préserver, soi disant, leurs droits. Et si lorsque l'argent s'éloignera des affaires nouvelles, quand le public ne patronera plus les appels au crédit, même les plus légitimes, on se demandera alors si la souscription aux chemins de fer du Japon ou l'Emprunt de la Cité d'Eldorado n'a pas réussi par la faute du privilége, et l'on accusera, peut-être, la compagnie des préjudices et des pertes qu'auront éprouvés les intérêts publics.

Aussi nous demandons que l'initiative de cette réforme soit prise par la compagnie des agents de change; l'honneur et le mérite doivent leur en appartenir, et dès qu'il s'agit de questions pratiques, de règlements nouveaux à adopter, ils doivent prendre l'affaire en main et avoir dans les délibérations, dans les mesures qui seront prises pour une nouvelle organisation, la plus haute influence, la plus juste prépondérance.

Nous pensons qu'il y a dans la Compagnie des personnes compétentes pour former et discuter un plan de réorganisation financière. A défaut, il est parmi les notabilités de la banque et du commerce, des personnes qui peuvent éclairer la question de leurs lumières et de leur expérience.

Enfin, pour terminer, nous devons dire que cette réforme est un besoin impérieux, que les dangers auxquels est exposé le crédit de l'État, des agents, des valeurs, ne sauraient être négligés plus longtemps.

Nous espérons donc que le silence ne répondra pas aux plaintes qui partout se font entendre, et nous faisons des vœux ardents pour que cette réforme, basée sur la liberté des transactions, ne vienne pas trop tard.

FIN.

www.ingramcontent.com/pod-product-compliance
Lightning Source LLC
LaVergne TN
LVHW012318050726
842524LV00004B/1482